바람이 불러주는 나의 노래

바람이
불러주는
나의 노래

송연

목차

봄비

사르륵 사르르륵
또르륵 또르르륵
투드득 투드드득

내 이름은 봄비

이른 새벽
사람들을 깨우지 않으려
살며시 유리창을 노크합니다

눈

하늘에서 하얀 눈
소리 없이 내려옵니다

갈 곳 없는 나그네
작은 가방 하나 어깨에 메고

갈 곳 없어 먼 곳을 바라봅니다

어깨에 쌓인 눈 털지 않고
오랫동안 그대로 서 있습니다

하얀 눈
살며시
나그네의 마음 달래줍니다

강강수월래

휘영청 밝은 밤에
동네 한 바퀴

빙글빙글 돌아가며
동네 한 바퀴

달그림자 어룽어룽
동네 한 바퀴

맞잡은 손힘을 주며
동네 한 바퀴

내 친구

어제도 안 오고
그제도 안 오고
언제나 오려나

멀리 떠나간
내 친구 소식

오늘은 오려나
내일은 오려나

창밖으로 불어오는
봄바람에

공연히 내 마음만
설레이네

삶

한 걸음
한 걸음
앞서가는 사람들

그 뒤를 따라 걷는 내 발자국

우리는 모두 어디로 가고 있는 걸까
앞서거니 뒤서거니 걸어가는

아무도 모르는 우리의 목적지

그래도 알게 되겠지
언젠가는…

떼쟁이

비가 오면 비를 맞겠다 울고
눈이 오면 얇은 옷 입겠다고 울고

내 마음대로 못 하게 하는 엄마가 밉고
아빠도 밉다

이런 마음 왜 그런지
나도 몰라
몰라 몰라

떼만 쓰며 울고 있는
나는 나는 떼쟁이

갈등

웃으며
미소 짓는 나의 얼굴은

울면서
바라보는 너의 얼굴에

가슴이 미어져 웃지도 못하고
울지도 못하네

나의 이 마음은
얼마나 너를 사랑하는지…

너는 모르지

풍매화

아름답고 아름답게
최고로 아름답게

더 이상 아름다울 수 없을 때
바람을 타고 날아오른다
풍매화

날아가는 곳이 그 어디인가
알 수 없는 그곳으로

날아가다 날아가다
바람이 잠시 머무는 그곳에

살며시 내려앉는
멋진 그대
풍매화여

작은 풀꽃 하나

인적 드문 외진 곳
허물어진 돌담
그 밑에 핀
작은 풀꽃 하나

한여름 뙤약볕에
고개 숙이고
억수 같은 장마비도
묵묵히 견디어내는

높고 맑은 푸른 하늘
바라보며
산들바람에 부드럽게
흔들릴 줄 아는 너

그런 네 모습이 사랑스럽다

유언

멀지 않은
세월의 우리 선조님

일제 강점기
모진 시련 고통 겪다가

돌아가실 때 되어서
사라졌다네

온 집안 뒤지니
계시던 곳이

지하실에 하얀 한복
곱게 입고서

갓과 지팡이
한 손에 굳게 잡고서

놔두어라
이 모습 이대로

내가 죽걸랑
내 조국의 원수

그 나라로 훌쩍 날아가

그동안 쌓였던 나의 울분
귀신 되어 풀고자 하니

놔두어라
이 모습 이대로

그분의
마지막 유언이었네

가로등

알고 있니
나도 너처럼 멋있게 살고 싶었어

모든 사람들이 사랑해주는
삶의 주인공이고 싶었다는 것을 말이야

알고 있니
내가 갖지 못한 것에 대한 슬픔은
아무도 모른다는 것 말이야

그런데 가끔
내 자신이 매우 행복하다는 것을
느낄 때도 있어

예를 들면
비바람이 몰아치는 거리 속에서
나만이 사람들이 가야 하는 그 길을
비춰줄 수 있다는 그 기쁨

겨울밤
조용히 내리는 첫눈과
소복이 쌓인 흰 눈을 마음껏 바라볼 수 있는
그 설레임

캄캄한
어두운 밤거리를
나의 몸으로 환하게 밝혀줄 수 있다는
그 뿌듯함

그래서 나는 행복해
내가 가진 것 없어도
어디에 있건
다른 사람들을 도울 수 있어서

네 곁에도 항상 있을게
언제나 너를 사랑하는
내 이름은 가로등이야

언제나 너를 사랑해

눈동자

똘망똘망 바라보는 눈동자
초롱초롱 바라보는 눈동자
말똥말똥 바라보는 눈동자

우리 예쁜 후손들의 눈동자들이
우리 어른들의 양심의 가락에
음을 틔운다

내 동생

가위바위보
지기가 싫어 울면서
꼬집던 내 동생은
언제나 형제들 중
외톨이였지요

예쁜 옷은 다 내꺼다
욕심껏 움켜쥐고
도망가던 내 동생은
천덕꾸러기

형제들 중 제일 미워라 했지요

그러나 어느새 훌쩍 자라
언니 되더니
함박미소 지으며
동생을 안아주는
예쁜 언니 되었네요

내 마음속 사진기

사진기로 찰칵하고 남겨두고 싶었던
내 인생의 가장 찬란했던 순간이 있었던가

찰칵하고 남겨두고 싶었던 가슴 미어지도록
절절했던 순간이 있었던가

찰칵찰칵하고 많이 많이 찍어두고 싶었던
가슴 뿌듯했던 순간이 있었던가

기쁨으로 벅차오르는 마음 어쩌지 못해
당황하던 내 인생의 가장 행복했던
순간이 있었던가

찰칵찰칵 찰칵찰칵
내 마음속 사진기는 오늘도
내 인생의 사진을 찍기 위해
열심히 내 마음속을 두리번거린다

이놈

에헤이, 아가야
앉아계신 할아버지 수염을 잡아당기는 것
그건 안 되는 일이란다

에헤이, 아가야
네가 갖고 싶은 물건 사달라고
길바닥에 누워 떼쓰는 것
그건 안 되는 일이란다

에헤이, 아가야
엄마를 눈 흘기며 째려보는 것
그건 안 되는 일이란다

에헤이, 아가야
아빠의 말씀 중 바락바락 말대답을 하는 것
그건 안 되는 일이란다

에헤이, 아가야
네 가슴이 답답하고 분하여 터질 듯하여도
서서히 식히렴

그 분노
그 억울함
그 공포를

그러면 네게 엄청난 사랑과 축복이
올 것임을 알기에
너도 네 마음속 깊은 곳에서
이 모든 것이 올 것임을 알고 있기에

은근 기대하며 살고 있는 것 아니겠니

작은 떡잎

꼭 잡으면 부서질까
바람에 흔들리면 부러질까

간밤에 얼마나 컸나
들여다보고
들여다봐도

쑥쑥 자랐으면 하는
내 바램은 모르고
쏘옥 쏙 자라는
내 예쁜 화분 속

나의 작고 귀여운 떡잎

거울

안녕하고 미소 지으면
너도 따라 미소 짓지
슬픈 듯 인상 쓰면
너도 따라 슬퍼하고

재미있는 표정 지으면
너 또한 그러지

그러나 언제부터인가

무심히 따라 하는
너의 속마음 보았지
슬픈 듯 바라보는
너의 눈동자는

내 눈동자인지
너의 눈동자인지

내가 살아가는 이유

내가 아직 살아가는 이유는
혹시나 아직 못다 이룬 꿈이
있을까 하여서

내가 아직 살아가는 이유는
혹시나 하나님이 내게 주신 사명이
있을까 하여서

아니, 아니, 아니야

내가 아직 살아가는 이유는
혹시나 나의 삶이
아직은 끝이 아닐 듯하여서

들풀 하나

아주 작은 들풀 하나
바람에 흔들리고 있습니다

바람에 흔들려도 부러지지 않는
여린 들풀은
거센 비바람에도 꿋꿋하게 버티고
뜨거운 태양 아래서도
묵묵히 견디어냅니다

그래도
부드러운 봄바람에는
기분 좋은 몸짓으로
흔들릴 줄 아는
작고 여린 들풀은

언제나 부드러운 미소 하나 짓고 있습니다

후회

한 번
두 번
세 번 네 번

잘못을 할 때마다

한 번
두 번
세 번 네 번

후회도 쌓여가고

풀 길 없는
답답함만
가슴 속에 쌓여가네

세월

나 아주 어릴 때는
화려한 공주 치마를 좋아했어요

내가 좀 더 커서는
어두운 점잖은 치마를 좋아했지요

조금 더 나이가 들어서는
우아하고 화사한 치마를 좋아했고

이제 내 나이 들고 들어서는
다시 어릴 적 화려한 치마가 좋아졌네요

진실

아니오 라고 하면
맞다고 하고

맞다고 하면
아니오 라고 하는

내 마음속 나만의 진실

언제쯤 나의 마음속 진실은
아니오 라고 하면 아니오 라고 하고
맞다고 하면 맞다고 하고 끝이 나려나

단풍잎

휘리릭 바람에 날리는 단풍 나뭇잎
빨강인가 노랑인가
알 수 없는 알록달록

봄 여름의 축제는 끝난 것인가
바람에 날리는 단풍 나뭇잎

넓은 잎 가는 잎 뾰족한 잎
종류는 왜 이리도 많은지

노란색 보라색 붉은색
아직도 축제는 끝나지 않았는가

햇살의 아름다운 선율에 맞춰
많은 단풍잎이
바람에 춤을 추고 있다

반항

세상에서 꽃이 제일 예쁘지
아닌데,
세상에서 제일 예쁜 건 우리 엄만데…

세상에서 제일 힘센 건 너희 아빠지
아닌데,
세상에서 제일 힘센 건 몸이 큰 코끼리예요

내 눈에는 네가 제일 예쁘단다
하지만 난 할아버지가 예쁘지 않은데…

언제나 틀리게만 말하고 싶은 나

아기 발걸음

폴딱 폴딱
폴딱 폴딱
아기 발걸음

살금 살금
살금 살금
뒤따라가다가

뒤뚱 뒤뚱
뒤뚱 뒤뚱
넘어지면은

후다닥 퐁
가슴팍에 안아 올리지

꿈

오늘은 구름 타고
내일은 달님 보며
모레는 벗님 따라가련다

멀리
멀리
저 멀리

무지개 피는 그곳으로
나의 꿈 찾으러 떠나련다

멀리
멀리
저 멀리

때로는

때로는 나의
이 빈 시간이
이 빈 공간이
이 빈 여유가

너무나
큰 축복이며
감사한 일임을
가슴 깊이 느낍니다

햇살

한 뼘
두 뼘
세 뼘

햇살의 그림자 뒤에서
햇살의 키를 살며시 손으로 재어봅니다

햇살이 깜짝 놀라 빠르게 숨어버립니다

잠시 후 다시 나타난 따사로운 햇살 반가워
두 손 뒤로 숨기고
살며시 발로 재어보기 시작합니다

한 발
두 발
세 발

무지갯빛 얼음동굴

어두운 동굴 속 빙벽이 빛을 내고 있다

오랜 세월 웅장하게 만들어진 얼음벽이
가늘게 비춰 들어오는 봄볕에 슬며시 녹아
흘러내리다가 캄캄한 밤 냉기에 굳어버렸다

그 뒤로 오랜 세월이 다시 흘러가버렸다

빙벽이 아름다운 모양 하나 만들어내었다
따스하게 흘러들어온 봄볕이 비춰주고 있다

사랑이 제일이니라

그대여

삶을
자신의 손으로 끝내려는 이여
잠깐만 그 손을 멈춰주세요

모진 삶에 지치고
캄캄함 속에서 허덕이며
기어 다닐지라도

그대여
삶을 끝내려 하지 마세요
그 모진 고통이 끝나는 날
또 다른 삶의 새로운 시작이 될 테니

그대여
삶의 끝에서 일어나세요
용감한 전사처럼 다시 일어나세요

삶은
당신의 것이 아니기 때문이랍니다
하지만
주인공은 당신이죠

삶을 끝내는 것도 당신이고
새로운 삶에 도전하는 것도 당신이며

지금은 보이지 않는 행복을 찾을 수
있는 사람도 당신이랍니다

끝이 보이지 않는 슬픔 뒤에
당신을 찾아오는 것은 행복이랍니다

기다리세요
당신은 주인공입니다

하얀 밤

눈이 내린 하얀 밤
그 길을 끝없이 걷고 있었어

한참을 걷다가
문득 뒤돌아보니
끝이 보이지 않는 그 길 위에
내 발자국 깊이 찍혀 있었지
하얀 눈길 위에 펼쳐진 까만 밤하늘

막연한 어둠의 공포가 두려워
정의로운 어떤 사람이 오기를 기다려
나를 도와줄 그 어떤 인물을

시간이 흐르고 흘러 누군가가
더 이상 오지 않으리란 것을
깨달았을 때 먼동이 트기 시작했지

나는 그제야 늦어버린 내 발길을 돌이켜
바쁘게 바쁘게 눈 덮인
산길을 다시 걸어가

누군가 나의 도움이 필요한
그 사람이 기다리고 있을
그곳을 향하여

인적이 드문 하얀 밤길을…

밖에는 봄이 왔나요

여보세요
밖에는 이제 봄이 왔나요

내 마음속에 나를 가둔 지
너무 오래되어
기억이 잘 나질 않아요

밖에는 봄이 왔나요

나의 조그만 마음의 창문으로
꽃잎이 나부낍니다
아직 가을인가요

아니면 봄이 온 건가요

산들거리는 바람 따라
봄기운이 들어옵니다

가을바람은 쌀쌀한 기운이 있지만
이 바람은 틀려요

이제 봄이 온 건가요
누구에게 물어볼 수가 없네요
너무나 오래 마음의 문을 닫아왔기 때문에
제 주위에는 아무도 없기 때문이에요

고요한 적막만 내 주위를 맴돌고
시간이 너무나 많이 흐른 것 같아요
백발이 성성한 내게 이제 무슨 기회가 있겠어요
다만 죽기 전에 따뜻한 봄볕을 느끼고 싶어요

누군가가 문을 열어주길 바라지만
이제 열어주려 노력하는 이 하나 없어요

이제, 나의 모든 힘을 다해 문을 열 거에요
나의 마지막 봄볕을 느끼기 위해서요

다시 살기 위해 노력하고 노력해볼게요
나를 기억하는 사람들을 위해서…

코끼리 가족

깊고 깊은 정글 속 코끼리 가족
아기가 길을 잃어 헤매일 때는

작고 작은 아기 코 길게 빼고서
뿌우우우 엄마 아빠 불러봅니다

어디선가 들려오는 아기 소리에
엄마 아빠 거대한 몸 쿵쿵 다가와

긴 코로 이리저리 휘두르면서
아기의 몸 상태를 확인하지요

엄마가 긴 코로 쓰다듬으면
아기는 으쓱으쓱 길을 걷고요

아빠는 빨리 가라 아기 엉덩이
슬쩍슬쩍 슬쩍슬쩍 밀어주네요

비상

비 맞은 까치가
큰 나무의 잎 사이로 숨어든다

이리저리 숨어봐도 나뭇잎 사이로
들어오는 빗물방울들

이리저리 피해 봐도 온몸은
빗물투성이

잠시 날개짓 멈추고 둘러본다
날개를 들고 부리로 다듬고
온몸을 털어낸다

두 날개를 펼치고
빗방울을 털어댄다
온몸에서 빗방울이 날아간다

고개를 흔들고 다시

몸을 곧추세우고

한두 번 온몸을 털어내고는

날아오른다

하늘 높이

높이 높이

더 높이

빽빽이 내 동생

빽빽 울어대던 내 동생
앞으로 안고
뒤로 업고

어르고 달래봐도
멈추질 않네

눈 속의 샘물은
마르지도 않는지
펑펑 울어대던 내 동생

가뿐히 안아 드는
엄마의 손길에

어느새 사르르
잠이 드네요

빗물

가는 봄비가 가기 싫어
후두두둑
서럽게 우는데

오는 가을비는
추룩 추룩
어두운 밤거리를
적시네

내 나라 대한민국

가슴 가득 기쁨 가득
한산도 대첩

명철함이 가득 가득
훈민정음

나라 안에 가득 핀
무궁화 정신

정의로운 대한민국

현명한 한국인이여
나의 조국이여

비밀

아무도 몰랐으면 하는 내 마음
가슴 깊이 감추고

억지웃음 짓는 내 앞에
살며시 나타나서

말없이 바라보는 너는
내 맘속의 또 다른 나

부끄러움

화가 나서 빨개지는 내 얼굴
누가 볼까 부끄러워 고개 숙이고

짝사랑하는 사람 내 눈 보고
알아챌까 부끄러워 고개 숙이고

기쁜 마음 감추지 못해
부끄러워 고개 숙이고

나도 모르는 내 마음

누군가 알아챌까
부끄러워 고개 숙이고

작은 조약돌

시냇물 옆
넓게 깔린 조약돌들 사이의 작은 조약돌 하나

하얀 대리석 닮은 몸
빗물에 이리저리 씻기고 둥글리다가
모난 돌 둥글게 된 작은 조약돌

한여름 뙤약볕에 뜨겁게 불타오르고
한겨울 추위에 꽁꽁 얼어버린 몸

바로 옆 시냇물 속 조약돌들이 부러운 걸까

물기 없는 메마른 얼굴로 나를 바라보는
작은 조약돌

멍

작은 새 한 마리
포르르르 날아올라
비바람 속으로 사라진다

예쁜 연꽃 한 잎
사르르르 날아올라
안개비 속으로 사라진다

꼬마의 작은 우산 하나
휘리리릭 바람에 날아올라
길을 떠난다

바람 속에 비가 멍하니 서 있다

모두가 떠나간 빈자리에

벌새

포로롱 포로로롱
작은 벌새가 난다

이 나무에서 저 나무로
바쁘게 난다

작은 몸이 무엇이 그리 바쁜지
잠시도 가만있지 못하고
힘차게 날아다닌다
가볍게 날아다닌다

잠시 앉아 쉬면 좋으련마는
작아도 우습게 보지 말라는 것인지

힘차게 날아오른다
계속 난다
지치지도 않는지
바쁘게 난다

쉿

살다 보면 슬픔이 있지요

너무나 큰 슬픔에
가슴 미어지는 고통 느끼며
캄캄한 어둠 속 쓰러지듯
홀로 있을 때가 있지요

그러나 그럴 때 가만히 있어 보세요
시간은 흘러가고 흘러가고
또 흘러가고

고통 속에 더디다 느끼며
절망할지라도

그대여 아주 잠시만 기다려보세요

이제 곧 당신의 시간이 온답니다
오로지 당신만의 시간이…

그 시간은 영원히 당신만의 것
당신의 것이랍니다

쉿! 아주 조용히
조금만…
조금만 더 기다려보세요

울보

떠오르는 아침 해를 바라만 봐도
눈물이 나고

시드는 저녁 해를 바라만 봐도
눈물이 나고

나뭇잎이 바람에 흔들려도 눈물이 나고
스산한 가을비를 봐도 눈물이 나는

나는 나는 울보
왜 그러지
왜 그럴까

이맘때 돌아가신 내 부모님
그리워서…
그리워서 그러는 거지

아가야

어허이, 아가야
아무도 너를 사랑하지 않는다고
눈물 흘리는 것 그것은 아니라고 본단다

어허이, 아가야
네가 스스로를 사랑하지 않는 것
그것은 슬픈 일이란다

아가 아가 아가야
네가 의식하지 못해도
너는 사랑을 받아 이 세상에 태어났고
사랑을 받기 위해 여기까지 온 것이란다

지금도 너는 너만의 큰 슬픔에 빠져

언제나 너를 사랑해주는
누군가가 항상 네 곁에 있음을
깨닫지 못하는구나

조바심

눈이 부시게
화려한 날엔 어쩌나
무엇을 해야 하지

거센 비바람치고
매서운 날엔 어쩌나
무엇을 해야 하지

그냥 평범한 그런 날엔 어쩌나
무엇을 해야 하지

그런 날엔
그런 날엔
그냥 조용히
조용히 있는 거야

치매

하나 둘 넷 일곱 여덟
어릴 적 숫자놀이 배우던 나는

이제는 다 배워 알고 있는데

나를 가르쳐주시던 나의 선생님 할머니는

하나… 둘… 넷… 일곱… 여덟…

옛날 옛날의 나로 돌아가서
이제는 내가 가르쳐드려야 하네요

한국인

내가 사랑하는 한국
내가 사랑하는 사람들 한국인

가난을 이겨내고
슬픔을 견뎌내고

갖은 악한 상황 속에서도
악착같이 그 모진 시간 견디어내고

지금 이 순간
세계인들과 어깨를 나란히 하고
여유 있게 미소 지으며
힘차게 걸어나가는
자랑스런 나의 조국

나의 사랑하는 한국인들이여
사랑하는 사람들이여…

시작과 끝

안녕
안녕
이제는 안녕
모든 이별은 슬프지요

안녕
안녕
안녕 안녕
모든 만남은 기쁩니다

우리의 삶은
모든 만남과
이별의 연속이지요

시작과 끝이지요

그대

그대
커다란 슬픔 속에서
다가올 큰 기쁨을 기다려보세요

그 기쁨은 너무나도 크고 소중하기에

당신이 그 기쁨을 맞이할 즘엔
모든 슬픔은 사라져버리고

진정한 축복이 무엇인지를
깨달을 수가 있을 것입니다

다가올 미래에
당신은 진정 행복할 것입니다

누이의 보물함

길가 옆
작은 화단
알록달록 예쁜 꽃 피어있다

어릴 적 내 누이

예쁜 나비 머리핀 닮은 꽃 하나
노랑 꽃신 닮은 꽃 하나
진주 목걸이 닮은 꽃 하나
비단 살결 같은 맑은 꽃 하나

누이의 알록달록
작은 보물함

작은 새

나의 작은 집
작은 마당에
작은 새 한 마리 찾아왔어요

포르르 포르르르
이곳저곳 날아다니며
탐색을 합니다

벌레도 먹고 고인 물도 먹고
이곳저곳 누비던 작은 새는

'친구랑 같이 올까?'
기대감 내게 주고
파란 하늘로 사라졌네요

사라진 작은 새를
하염없이 바라보는
작은 나 하나

바람이 불러주는 나의 노래

초판 1쇄 발행 2023년 04월 17일

지은이 송 연
펴낸이 류태연

펴낸곳 렛츠북
주소 서울시 마포구 양화로11길 42, 3층(서교동)
등록 2015년 05월 15일 제2018-000065호
전화 070-4786-4823 | **팩스** 070-7610-2823
이메일 letsbook2@naver.com | **홈페이지** http://www.letsbook21.co.kr
블로그 https://blog.naver.com/letsbook2 | **인스타그램** @letsbook2

ISBN 979-11-6054-625-5 03810

닻별은 렛츠북의 임프린트입니다.